ROSSEL

LETTRE A M. SAINT-GENEST

SUR LE PRÉTORIANISME

PAR

JULES AMIGUES

> Dans les temps troublés, le difficile
> n'est pas de faire son devoir, mais de
> le connaître.
>
> TACITE.

PARIS

E. LACHAUD ET Cᵉ, LIBRAIRES-ÉDITEURS

4, PLACE DU THÉATRE FRANÇAIS

—

1875

ROSSEL

LETTRE A M. SAINT-GENEST

SUR LE PRÉTORIANISME

PAR

JULES AMIGUES

> Dans les temps troublés, le difficile
> n'est pas de faire son devoir, mais de
> le connaître.
>
> TACITE.

PARIS

E. LACHAUD ET Cᵉ, LIBRAIRES-ÉDITEURS

4, PLACE DU THÉATRE FRANÇAIS

1875

ROSSEL

LETTRE A M. SAINT-GENEST

SUR LE PRÉTORIANISME

Monsieur,

Vous avez, récemment, dans le *Figaro*, adressé « une question » au journal l'*Ordre*, c'est-à-dire au parti impérialiste.

L'*Ordre* vous a répondu.

Vous savez désormais que M. Amigues, tout en gardant et en revendiquant pour lui-même la responsabilité de ses actes, n'est, à aucun degré, répudié par le parti impérialiste.

Mais les éclaircissements que l'*Ordre* vous a fournis à ce propos ont pu ne pas satisfaire absolument votre curiosité fort légitime, et laisser subsister dans votre esprit quelques-unes des raisons que vous croyez avoir pour déplorer ou craindre tout particulièrement l'intervention de M. Amigues dans les affaires du parti impérialiste.

Je viens vous offrir là-dessus quelques motifs de vous rassurer.

Nous négligerons cependant, — si vous le permettez, et sauf à y revenir pour peu que la chose vous tente, — ces imputations de « socialisme », qui, par le vague des mots, ne laissent point de prise à une discussion fructueuse. Ce sont là des fumées qui d'elles-mêmes se dissiperont dans votre cerveau, dès qu'il ne sera plus sous l'influence capiteuse du roman de M. Savary. Tenons-nous-en à un sujet plus précis, et sur lequel je n'ai rien à rectifier, rien à démentir, parce que le témoin, c'est moi-même. Je veux parler de ce qui concerne Rossel.

Vous ne pouvez me pardonner, Monsieur, les sympathies que j'ai témoignées pour ce jeune homme ; et parmi ce qu'on vous a cité de moi sur son compte, vous me reprochez, avec une indignation spéciale, certain fragment qui vous semble tout à fait exorbitant et abominablement révolutionnaire.

Laissons les accessoires et les mots : prenons ce qui est le fond même de la thèse.

Ce qui vous blesse, en substance, c'est que j'aie écrit :

« La mort de Rossel a tué virtuellement, sinon encore en fait, cette fausse discipline militaire qui s'appelle le prétorianisme, et qui, en séparant l'armée du pays, fait d'elle l'agent de toutes les ambitions, l'instrument de tous les despotismes et de tous les priviléges. »

Eh bien, Monsieur, je m'honore d'avoir à vous dire que je ne désavoue, après quatre ans, rien de ce que j'ai pu faire, rien de ce que j'ai pu dire à propos de Rossel. Oui, j'ai souhaité qu'on épargnât cette existence ; oui, j'ai écrit alors ce que je viens de récrire, et je le pense encore comme à l'heure où je l'écrivais, et en l'écrivant ou en le pensant, je suis, sachez-le bien, plus conservateur que vous.

Désireux de vous en convaincre, je vous demande avant toute chose, Monsieur, de vouloir bien prendre acte que je n'entends nullement contester le crime militaire de Rossel ; que je ne l'ai jamais contesté ; que j'en ai simplement plaidé, en parole et en action, les circonstances atténuantes.

Cela dit, je n'éprouve aucun embarras à reprendre ce procès.

Et tout d'abord, si vous aviez lu en entier, Monsieur, ce livre à la préface duquel vous empruntez quelques mots, toujours d'après le rapport Savary, vous auriez compris, — je vous fais du moins l'honneur de le croire, — combien Rossel différait des hommes au milieu desquels l'avait jeté le délire de son patriotisme ; vous auriez vu quelle est la sévérité de ses jugements sur eux ; vous auriez reconnu et salué avec épouvante cette fatalité des guerres civiles qui mêle ensemble les éléments sociaux les plus disparates, qui range comme au hasard dans la même faction les héros et la crapule, qui jette en fusion dans la même fournaise l'or pur et les plus vils métaux.

Rossel, — vous paraissez l'avoir oublié, Monsieur, quoique les dépositions des témoins dans son procès aient été sur ce point absolument unanimes, — Rossel, excédé d'humiliations, lassé de capituler et de se rendre, Rossel ne se jeta dans Paris, au lendemain du 18 mars, que dans l'espoir de reprendre la guerre contre les Allemands. Ce fut une aberration, une folie, soit, je le sais, je l'ai dit : ce fut du moins une aberration généreuse ; ce fut la folie d'une âme qu'égarait l'amour désespéré de la patrie.

Quelle fut la désillusion de Rossel, quand il lui fallut reconnaître que ces deux cent mille Parisiens en uniforme, que de loin il avait pris pour une armée, n'étaient rien qu'une foule : il l'a raconté lui-même dans ce livre que vous n'avez pas lu, et il s'était fièrement expliqué là-dessus avec la Commune elle-même, dans cette superbe lettre du 9 mai, par laquelle il déposa un commandement dont il se sentait rougir, depuis qu'il n'avait plus d'illusions sur ce qu'il en pourrait faire.

— Mais, me direz-vous, Monsieur, ce ne sont là que des considérations morales ; ce sont, si l'on veut, des excuses : il n'en est pas moins certain que le crime militaire de Rossel subsiste tout entier, et que M. Amigues reste en demeure de nous expliquer ce qu'il entend par cette « fausse discipline militaire », par ce « prétorianisme » auquel il prétend que Rossel fut sacrifié.

Rien de mieux, Monsieur, et me voici tout prêt ; car veuillez croire que je n'ai pas attendu votre attaque pour être, sur ce point, armé en guerre.

A votre avis, Monsieur, — autant du moins que je puis m'en rendre compte, — l'armée est une vaste hiérarchie, instituée pour la défense de l'État, et dont tous les membres, depuis le plus humble jusqu'au plus élevé, sont liés l'un à l'autre par une discipline qui doit être inflexible, immuable, inviolable, sacrée, parce qu'elle est la suprême et nécessaire garantie du salut social.

J'admets cette façon d'envisager l'armée, — quoiqu'il y ait, comme vous verrez, quelque chose d'assez capital à redire, — et j'y ajouterai encore ceci, sur quoi je présume que nous n'aurons pas de peine à nous entendre : — que, le dépôt du salut social et la défense de l'État résidant aux mains d'une force supérieure, qui s'appelle le gouvernement, il s'ensuit que l'intérêt souverain, primordial, en ce qui concerne l'armée, c'est de la maintenir toujours en état d'obéissance vis-à-vis du gouvernement.

Maintenant, Monsieur, l'armée, sa fonction sociale et son essence hiérarchique étant ainsi comprises et définies, vous confesserez sans nul doute avec moi que l'atteinte portée à sa discipline est d'autant plus grave et doit être d'autant plus sévèrement châtiée qu'elle vient de plus haut : — car la défection d'un caporal ou d'un capitaine ne peut guère détourner qu'une escouade ou une compagnie, tandis que la trahison d'un général entraîne toute une armée, voire même toute l'armée, et peut, d'un seul coup, perdre le pays.

Et dès lors, expliquez-moi, je vous prie, par quel caprice inaccoutumé de la logique et de la justice le capitaine Rossel, puni de mort, est encore, pour tant de gens, un objet de haine et de fureur rétrospective, tandis que le général Trochu, vivant comme vous et moi, jouit des immunités clémentes de l'oubli.

Je me sens à l'aise, Monsieur, pour développer et discuter avec vous ce parallèle ; car le *Figaro*, auquel vous appartenez, a eu le mérite et l'honneur d'ouvrir et de mener vigoureusement la campagne contre le crime du 4 septembre et contre l'égarement — terrible et, qui sait, inconscient peut-être — du général Trochu.

Vous vous étonnerez donc avec moi de cette singularité dans la dispensation de la justice à l'égard de Rossel et de Trochu, singularité d'autant plus malaisée à concevoir que, même en mettant à part la question de grade et de discipline, le plus coupable de ces deux hommes n'est point, à beaucoup près, celui qui est puni.

Rossel s'est révolté contre le gouvernement : — ce qui est beaucoup sans doute.

Trochu, gardien du gouvernement, l'a laissé prendre par l'émeute, afin de pouvoir se l'adjuger : — ce qui est certainement plus encore, au point de vue de la franchise et de l'honneur.

Rossel a l'excuse incontestée de la passion patriotique.

Trochu n'a l'excuse d'aucune passion qu'il puisse avouer.

Rossel n'a point prêté serment à l'Assemblée.

Trochu a prêté serment à l'Empire et vient de renouveler ce serment à l'Empereur.

Rossel, avant de prendre du service dans l'insurrection du 18 mars, a déposé son grade et sa charge de chef du génie au camp de Nevers ; il a notifié sa résolution à ses chefs de service ; et si la lettre qu'il écrit de Nevers, le 19 mars, au ministre de la guerre, n'a pu être considérée, juridiquement parlant, comme une démission régulière, elle a eu du moins pour objet, de la part de Rossel, de dégager en lui la conscience du soldat.

Trochu, lorsqu'il déserte l'Empire et passe ainsi lui-même son épée au travers de son honneur, est et demeure général ; et, par conséquent, il compromet dans sa défection, non point sa seule personne et sa seule responsabilité, mais aussi ses épaulettes et la dignité même de l'armée, ou tout au moins de l'état militaire.

Au résumé, dans le premier cas, c'est un capitaine qui quitte son rang.

Dans le second cas, c'est un général qui décapite l'armée.

Cependant, le général devient, de cette façon, chef du gouvernement.

Le capitaine est condamné à mort.

Le général est discuté sans doute, mais indemne et absous.

Et quand un homme se lève pour implorer la grâce du capitaine, celui-là est un révolutionnaire, un démagogue, un insurgé !

Voilà, Monsieur, la façon dont vous faites justice, le vulgaire et vous.

Vous me répondrez que Rossel, à la différence de Trochu, a effrayé la société.

C'est vrai, Monsieur ; Trochu n'a point effrayé la société, qui de sa nature est myope et ne voit que de tout près les périls où on la mène ; Trochu n'a point effrayé la société : il a seulement trahi le gouvernement, compromis ainsi l'armée, refusé la paix pour garder le pouvoir, rendu Paris, laissé enfin la France démembrée et avilie.

Vous me répondrez encore que Rossel s'est fait prendre par le gouvernement, tandis que Trochu a pris le gouvernement.

C'est vrai, Monsieur, Rossel est un révolté qui n'a pas réussi ; — Trochu est un insurgé qui a réussi — en tant qu'insurgé du moins : voilà toute la morale de l'affaire.

Et quand vous vous prononcez sur de telles raisons, Monsieur, quand vous jugez la moralité politique d'un acte militaire d'après la façon dont cet acte a tourné, rien ne vous avertit que vous êtes tout simplement l'auxiliaire inconscient des révolutionnaires que vous prétendez combattre !

Car voyons, Monsieur, que serait-il arrivé, je vous prie, si, au 31 octobre, MM. Lullier et Flourens avaient eu l'avantage sur MM. Picard et Trochu? Aurait-il fallu, selon vos vues sur la discipline, que l'armée passât tout d'une pièce aux ordres de Flourens et de Lullier, qui eussent été le gouvernement?

Prenez garde à ce que vous allez répondre, Monsieur.

Si vous répondez oui, vous livrez l'armée à la Commune.

Si vous répondez non, vous vous insurgez contre la discipline de l'armée, et vous absolvez Rossel en l'imitant.

Quand la logique aboutit à de telles impasses, Monsieur, c'est que les prémisses du raisonnement étaient fausses; et si vos façons d'entendre la discipline de l'armée peuvent exposer l'armée à de tels risques, c'est que vous ne vous rendez point un compte exact de ce qu'est et doit être cette discipline.

Ah ! vous croyez, Monsieur, vous qui avez été soldat, que, pour constituer et maintenir une armée, il suffit de cette lettre, à la fois dure et morte, de la discipline, qui subordonne le militaire à ses chefs, depuis le bas jusqu'en haut de la hiérarchie? Non, Monsieur, non, cela ne suffit pas. Cela ne préserve pas une armée de passer brusquement, et sans changer de chefs, d'une cause à une autre; cela ne préserve pas une armée d'avoir à soutenir et acclamer demain ce qu'il lui était commandé hier de réprimer et de flétrir; cela ne préserve pas une armée de tomber, après de telles variations et de telles épreuves, dans la démoralisation inévitable et profonde qui résulte de l'incertitude du devoir.

Et cette démoralisation, Monsieur, cette incertitude du devoir n'est pas autre chose que cette « fausse discipline militaire, » pleine de hontes et de périls, qui s'appelle « le prétorianisme. »

Car le prétorianisme n'est point, comme il plaît à dire aux phraséologues de l'école « libérale, » la soumission absolue de l'armée à un chef souverain : c'est là, tout au contraire, l'essence normale du système militaire. Le prétorianisme, — qui n'est point seulement le mal d'une armée, mais la maladie d'un peuple, — c'est l'absence de foi civique et de conscience nationale qui, selon que souffle le hasard, l'intrigue ou l'émeute, peut faire passer l'armée d'un chef à un maître, du prince à l'insurgé.

M. Trochu fut — j'ose, sur sur ce point, vous mettre au défi de me contredire — M. Trochu fut, au 4 septembre, un véritable préfet du prétoire, qui hérita du pouvoir de son maître, comme avait fait, à Rome, Macrin : toute la différence est que le maître était ici un Marc-Aurèle, non point un Caracalla. Mais du moment que Macrin a pu supplanter Caracalla — la discipline de l'armée demeurant intacte d'ailleurs, remarquez-le bien — il n'y a pas de raison pour que Macrin ne soit pas supplanté par Héliogabale ; il n'y a pas de raison non plus pour que, du prétorianisme unitaire des Héliogabale et des Macrin, l'armée ne descende peu à peu jusqu'au prétorianisme multiple des Trente tyrans, qui n'est pas autre chose que la décomposition même de l'Etat.

Il faut donc à l'armée quelque chose de plus que ce que vous réclamez pour elle, Monsieur, et le sincère amour que vous portez à l'armée n'est point assez exigeant. Il faut à l'armée un ciment moral qui tienne en agrégation ses molécules ; il lui faut des idées générales qui soient solidaires de celles qui règnent dans l'État ; il lui faut une organisation qui réponde à la constitution nationale elle-même ; il faut enfin que l'armée soit, non point une hiérarchie à part dans la société, mais la société elle-même, constituée en hiérarchie spéciale pour sa propre défense. Et ces grandes nécessités ne s'expriment point, Monsieur, en des banalités sentimentales que l'on débite en se mettant la main sur le cœur ; elles se traduisent en des institutions concrètes, mûrement réfléchies, sévèrement conçues et coordonnées, et dont les révolutions enseignent la loi et le moment à ceux qui savent lire dans ce livre que l'humanité écrit avec son sang à travers le cours des âges.

Que si vous me convoquez à m'expliquer sur tout cela, Monsieur, je le ferai de grand cœur, heureux d'aider en vous un honnête homme qui me paraît chercher de bonne foi des convictions, et n'a pas eu encore la fortune de les rencontrer ; heureux aussi d'être admis à m'expliquer, moi, citoyen très-humble, avec un éminent publiciste, qui, homme de plume après avoir été homme d'épée, sait ce

qu'il faut dire aux sous-lieutenants, et reçoit les confidences des gé-
néraux.

Pour aujourd'hui, je veux seulement vous signaler, Monsieur, une
de ces nécessités que vous négligez, une de ces lacunes qui font de
vous, dans vos théories sur l'armée, un révolutionnaire sans le savoir
et un prétorien qui ne s'en doute pas.

L'armée, quels que soient d'ailleurs les mérites individuels des
soldats ou des chefs, — l'armée n'est, dans sa fonction collective, rien
autre chose que la force. Or, la force est, en soi, un fait brutal, et n'a,
socialement parlant, raison d'être et droit d'agir que lorsqu'elle est
un instrument aux mains de l'autorité.

C'est dans le principe d'autorité que réside la légitimité de l'action
militaire.

En d'autres termes, le chef de l'armée, c'est le chef de l'État, et nul
autre que le chef de l'État.

Et pour que l'armée soit bien dans la main de son chef, pour qu'elle n'en
puisse pas être séparée, pour que ce chef soit sûr de s'en faire obéir, encore
faut-il que la qualité de ce chef, comme chef de l'État, ne puisse être
contestée, qu'il ait été, à ce titre, institué et investi par l'assentiment
du pays.

Car quels moyens auriez-vous, je vous prie, de faire régner un
prince sur un pays qui ne voudrait pas de lui ? Et si vous ne disposez
pour cela d'aucun secret, si vous ne pouvez nier qu'un prince, pour
être assuré de régner, a besoin d'être institué et investi par l'assentiment de son pays, faites-moi la grâce de me dire comment vous
vous y prendrez pour instituer valablement le prince, pour investir
solidement le chef de l'État en un pays d'égalité civile et de souve-
raineté nationale, en un pays d'où toute aristocratie est disparue,
où « les classes dirigeantes » sont, de votre propre aveu, impuissantes
et incapables ?

Il ne s'agit pas, Monsieur, de me répondre que vous aimeriez mieux
ceci ou cela, que l'aristocratie est une fort belle chose et le droit
divin une merveilleuse conception. Il s'agit de reconnaître et de confesser ce qui est. Il s'agit de gouverner avec les moyens qu'on a. C'est
à ce point de vue positif et dégagé de toute idéologie, que je vous
prie de me dire comment vous vous y prendrez, en France, pour instituer valablement et investir solidement le chef de l'État.

Quand vous aurez assez oscillé, Monsieur, de la constitution Rivet
à la fusion, de la fusion au septennat, du septennat à la république,

orléaniste, de la république orléaniste à la république jacobine ou radicale, de Thiers à Mac-Mahon, de Mac-Mahon à Gambetta — que vous me faites l'honneur « de me préférer, » — et de Gambetta à Blanqui ou à Vermersch, vous en viendrez, un peu tard peut-être, à confesser qu'il n'y a en France aucun moyen, si ce n'est le suffrage universel, d'instituer et d'investir le chef de l'État, de vivifier et d'armer le principe d'autorité.

Vous vous récriez, Monsieur :

— Mais c'est du bonapartisme, ceci !

Non, Monsieur, non, ce n'est point du bonapartisme. C'est, au point de vue politique, de l'autorité, telle que la comporte une société que le cours des temps a amenée à un État invinciblement et irrémédiablement démocratique. C'est, au point de vue militaire, du commandement, et le seul mode de commandement qui exprime et consacre l'absolue nécessité de relier étroitement l'armée à l'État.

Et quand, avec une sûreté de vous-même qui ne laisse pas de détoner un peu au milieu de vos indécisions, vous venez nous déclarer que « vous ne serez jamais impérialiste ; » quand, par une confiance singulière en des aspirations personnelles dont vous confessez le néant, vous reniez ainsi le droit souverain de la Nation et abjurez du même coup le seul principe d'autorité qui soit légitime, le seul moyen d'autorité qui soit praticable ; quand vous vouez gaiement le pays à l'impossibilité de se gouverner et l'armée à toutes les surprises, vous n'êtes pas, Monsieur, ce que vous vous imaginez être, c'est-à-dire, au point de vue politique, un partisan de l'ordre, au point de vue militaire, un apôtre de la discipline ; vous êtes, politiquement, un révolutionnaire, et, militairement, un prétorien !

Oui, Monsieur, une armée commandée par le chef de l'État, élu ou consacré par la Nation, est une armée nationale. Une armée qui n'est point commandée par un chef d'État que la Nation ait reconnu, est, quoi que l'on puisse dire ou faire, contester ou protester, une armée prétorienne, c'est-à-dire une armée exposée à changer de chef d'une minute à l'autre par le hasard des révolutions. Trochu fut, je l'ai dit, un prétorien, et son erreur ou son crime fut précisément de transformer ainsi d'un seul coup l'armée, de troubler en elle la conscience en l'isolant de l'État, de briser en elle la discipline en la séparant de son chef.

Vous m'objecterez, Monsieur que l'empereur Napoléon III avait été élu par la Nation, et que cela n'a pas empêché le 4 septembre de se faire et l'armée de tomber ainsi dans le prétorianisme ! Vous oubliez, Monsieur, ·que l'Empereur, au 4 septembre, était prisonnier de l'ennemi, qu'aucune prévision et aucune force humaine ne pouvaient, en de telles conditions, empêcher une révolution qui avait pour complices, d'une part l'ennemi victorieux, de l'autre le chef militaire qui tenait la capitale politique ;—et vous ne vous apercevez pas que, précisément depuis ce jour, le principe d'autorité gît à terre, sans qu'aucune main, même la plus loyale et la plus ferme, puisse le relever ; vous ne vous apercevez pas qu'au lieu d'autorité, nous faisons tous du prétorianisme, tous, et vous plus que personne, vous qui avez fait un jour imposer silence au journal où vous écrivez, pour avoir conseillé au maréchal de Mac-Mahon je ne sais quoi d'obscur et de trop clair à l'endroit de l'Assemblée que la veille vous proclamiez souveraine !

Donc, Trochu était un prétorien, Trochu avait prétorianisé l'armée ; — et c'est surtout ici, Monsieur, que, pour toute âme qui sait sentir, pour tout esprit qui sait juger, le capitaine Rossel apparaît plus digne d'indulgence que le général Trochu.

Au moment où le général Trochu livre l'armée à la révolution, l'armée a pour chef le chef élu de la nation ; elle a pour mission claire et précise la défense d'un régime politique déterminé, légal et légitime.

Au moment où le capitaine Rossel se sépare de l'armée, la confusion est partout : le chef de l'État est installé à peine et déjà chancelant ; les anciens pouvoirs publics sont disparus ; les pouvoirs nouveaux résident, sans aucun doute, dans l'Assemblée, à qui la délégation nationale les a remis, mais l'Assemblée, réunie de la veille, n'a eu le temps ni de les constituer, ni même de les définir ; et cet état de choses, innommé encore et mal affermi, offre de naturelles incitations aux entreprises des mécontents ou des aventureux.

Le simple rapprochement de ces deux situations, — sans parler de l'influence exercée par l'exemple, — ne suffit-il pas à faire toucher du doigt que la défection de Trochu fut, — au triple point de vue moral, politique et militaire, — infiniment plus coupable que la révolte de Rossel ?

Cependant, c'est Rossel qui seul est puni.

Pourquoi?

C'est qu'il fallait que la faute de Trochu fût expiée, et c'est Rossel qui, en expiant sa propre faute, a expié aussi celle de Trochu.

Ne croyez pas, Monsieur, que je veuille ici faire un procès à mon pays. Ces écarts de l'équité sociale s'expliquent du moins, s'ils ne peuvent tout à fait se justifier.

Lorsque Trochu fit la révolution de septembre, la nation, étonnée de sa propre ruine, brusquement séparée de son gouvernement et dépouillée de ses gloires, mise en face d'une guerre engagée et qu'il fallait poursuivre ou sur laquelle il fallait conclure, la nation ne comprit de la révolution que le côté militaire. Elle ne sentit pas qu'une nécessaire et grande chose, le principe d'autorité, venait de crouler. Trochu tenait le pouvoir; le préfet du prétoire remplaçait l'Empereur; le changement s'était accompli sans violences populaires; l'ordre ne semblait pas menacé; on était terrassé par la défaite, mais on n'était point terrifié par la révolution. On n'aperçut pas la nécessité immédiate d'un vrai gouvernement, et le pays, d'ailleurs, ne fut point mis en situation de se prononcer là-dessus. On fit crédit au provisoire; on s'occupa de l'heure présente, et l'on ne songea point au lendemain.

Ce lendemain, ce fut le 18 mars.

C'est alors que, à la lueur de l'incendie, on vit le trou qu'avait creusé Trochu, et dans lequel faillit tomber la France. C'est alors qu'on eut peur; et la peur fut si grande qu'elle dura longtemps encore après le danger. On comprit vaguement, — on l'a déjà oublié depuis, — que le principe d'autorité n'existait plus; on sentit très-distinctement qu'il ne restait plus d'autre force, d'autre refuge social que la discipline de l'armée. Cette discipline était ce qu'elle était, ce qu'elle pouvait être après le 4 Septembre, après le coup que lui avait porté Trochu le prétorien. Telle quelle, elle était tout ce qui restait; il fallait la sauver à tout prix; il fallait la préserver contre ceux qui la menaçaient; il fallait punir ceux qui l'avaient méconnue; il fallait supprimer quiconque l'avait violée: — et l'on mit à mort Rossel!

Ai-je donc eu tort, Monsieur, de dire que Rossel, coupable de révolte militaire, fut en même temps une victime du « prétorianisme? » Ai-je eu tort d'exprimer l'espérance que sa mort pourra servir quelque jour à éclairer son pays sur les hasards et sur l'inanité de cette

« fausse discipline » qui trahit elle-même sa propre faiblesse par l'inflexible et nécessaire rigueur qu'elle met à se protéger (1)?

Mais, en relevant ici les sanglantes fatalités qui font payer à l'un le crime de l'autre avec son propre crime, ne croyez pas, Monsieur, que je nie, à aucun degré, la légitimité de la défense sociale. Et quand je constate le péril suspendu sur nos institutions militaires actuelles, quand j'en signale l'origine, quand je mets le doigt sur la plaie qui menace de tuer la France en dévorant l'armée, n'allez pas dire, Monsieur, — il se trouve des gens pour raisonner de cette façon, — que j'outrage ceux que j'avertis, que je méconnais la loyauté de nos officiers et le dévouement de nos soldats, que je conteste enfin le droit et l'utilité de cette discipline que j'appelle prétorienne.

---

(1) Rossel ne fut pas sans entrevoir, avec un singulier mélange d'inachèvement dans les idées et de fermeté dans les résolutions, cet aspect de sa rébellion et cette portée de sa mort. Les manuscrits qu'il a laissés sont pleins de préoccupations sur la reconstruction civique et morale de l'armée. Deux jours encore avant son exécution, et alors qu'il l'envisageait comme certaine, il écrivait :

« ..... Ma mort sera plus utile cent fois que ne l'a été ma vie, plus utile que n'eût été une longue carrière bien remplie : je ne me plains pas..... L'armée n'est pas redoutable en elle-même; elle est composée de citoyens..... J'ai rompu ce lien trompeur qui attache le soldat à des chefs même traîtres et infâmes..... j'aurai appris à tous qu'il y a des jours où un soldat discipliné et fidèle doit désobéir et peut désobéir sans se dégrader. »

Et dans l'anxiété, intellectuelle et morale, où l'ont jeté le désordre des évènements et le vertige de sa propre conduite, il s'écrie :

« ..... Qui sait si je n'emporte pas avec moi le secret de ces questions, que j'étudie depuis plusieurs années? »

Tout cela peut sembler orgueilleux ou sophistique. Tout cela montre du moins que cette âme se débattait douloureusement entre les furies du patriotisme et les inflexibilités du devoir.

Et quand on songe que Trochu, — l'agent le plus direct et le plus responsable des désastres qui mirent en révolte le jugement et la conscience de Rossel, — s'était insurgé au nom de la défense nationale, pour en venir à rendre Paris, comment s'étonner si Rossel à son tour s'insurgea dans le fol espoir de relever Paris, et de recommencer ainsi la défense nationale?

N'oublions pas d'ailleurs que Rossel confessa le caractère sacré de la discipline militaire lorsque, devant le conseil de guerre, il éclata en larmes aux reproches que lui adressait le colonel Merlin, et lorsque, au pied même du poteau fatal, il chargea le ministre Passa d'exprimer à ses chefs et à ses compagnons ses excuses et ses regrets suprêmes.

C'est précisément le contraire qui est vrai. Cette discipline, — qui, sans garantir le pays ni le gouvernement contre les imprévus révolutionnaires, rassure pourtant la cité contre les violences de l'émeute et peut, pour un temps, préserver l'armée, même dans un pays en dissolution, — cette discipline, dont vous vous contentez, je soutiens, moi, qu'elle est insuffisante ; mais, à cause de cela même, je professe qu'il faut la maintenir et la défendre avec un soin jaloux jusqu'à ce que nous en puissions instituer une meilleure et plus forte, et je ne l'attaque pas plus aujourd'hui que je ne l'ai attaquée quand j'ai voulu sauver la vie de Rossel.

Alors, comme aujourd'hui, j'ai respecté l'armée ; alors, comme aujourd'hui, j'ai observé la loi ; alors, comme aujourd'hui, je me suis gardé sévèrement de troubler l'ordre public.

Car, que me reproche-t-on ?

Ai-je dit quelque part que Rossel fût innocent ? Non. J'ai simplement cherché à atténuer sa faute en mettant en valeur l'excuse du sentiment patriotique d'où elle procédait[1].

Ai-je contesté le droit du double tribunal qui avait condamné Rossel ?

Non. J'ai simplement « appelé l'examen du gouvernement et de la Commission des Grâces sur toutes les chances légales qui pouvaient restreindre l'application d'une peine irréparable[2]. »

Ai-je provoqué quelque démonstration qui, d'intention ou de fait, ait été menaçante ?

Non. J'ai simplement convoqué des jeunes gens, que le destin de Rossel pouvait intéresser, à remettre une supplique aux mains de M. Thiers et de la Commission des Grâces ; et cette supplique, qui fut remise en effet, se terminait par ces paroles, qui n'ont assurément rien de subversif : « Nous sommes des fils demandant grâce pour leur frère et demandant cette grâce à leurs pères[3]. »

Ai-je même demandé, comme on a pris coutume de dire, « la grâce de Rossel » ?

Non. J'ai simplement demandé que l'on déférât à la Cour de cassa-

---

1. Voir les *Aveux d'un conspirateur bonapartiste,* au chapitre ROSSEL ; passim.
2. Idem, page 228.
3. Idem, p. 233.

tion la question de savoir si l'article 238 du Code militaire, en vertu
duquel Rossel avait été condamné à mort pour « désertion à l'ennemi », s'appliquait également au cas de « désertion aux bandes ar-
mées[1]. » J'ai simplement cherché à obtenir ainsi, par la voie la plus
prudente et la plus mesurée, un sursis qui, dans ma pensée, étant
donné l'état des choses et des esprits, devait aboutir à une commu-
tation de peine ; et, — veuillez le remarquer, Monsieur, — je ne faisais
en cela que partager et encourager des scrupules manifestement
éprouvés par les pouvoirs publics, car il est bien clair que l'on n'eût
pas tardé cinq mois à exécuter la condamnation de Rossel, si l'on
n'eût senti qu'il y avait des raisons pour ne pas l'exécuter.

Qu'y a-t-il donc, dans tout cela, de criminel, ou d'illégal, ou de
violent, ou de contraire aux principes d'ordre ?

Je me suis pris d'intérêt pour un jeune homme que je ne connais-
sais pas, que je n'avais jamais vu, pour un soldat à qui ses chefs,
devant le tribunal même qui devait le condamner à mort, n'avaient
pu refuser le témoignage de leur sympathie et de leur estime.

J'ai souhaité que la société, préservée désormais, se crût en situation de préférer, selon la formule de nos anciens rois, « miséricorde
à justice. »

J'ai pensé qu'au lendemain de désastres affreux, suivis de journées
sacrilèges, la grâce d'un coupable pourrait remettre un peu de séré-
nité dans les âmes, et dans les consciences quelque repos.

J'ai tenté, après tant de victimes qu'avaient faites nos dissensions
civiles, d'arracher aux vindictes douloureuses de l'ordre public un
condamné à mort qui avait subi plus que la mort, depuis cinq mois
qu'il attendait chaque matin l'exécution de sa peine.

Eh ! bien, quoi ? Est-ce que d'autres, plus grands ou meilleurs que
moi, n'ont pas disputé à la mort de moins intéressantes victimes ?
Jules César lui disputa Catilina l'incendiaire ; Cicéron lui disputa
Milon le meurtrier ; la noblesse de France presque tout entière lui
disputa Montmorency le révolté ; Jean-Marie Pietri, préfet de police,
lui disputa Orsini le régicide.

J'ai fait comme eux. Pourquoi me le reproche-t-on ? Pourquoi me

---

1. Idem, page 227.

le reprochez-vous ? Est-ce donc parce que, n'étant pas comme eux
un puissant, je ne pouvais demander les chances de succès qu'à
mon propre courage ?

Ah ! tenez, Monsieur, ne mettons point en ceci d'amertume. Je ne
sais pas où vous étiez alors ; mais si vous aviez vu de près tout ce que
j'ai vu, tant de sang et tant de ruines, tant de misères et tant d'hor-
reurs, tant de défaillances, et d'égoïsmes, et d'ignominies ; si, au
milieu de tout cela, une âme vous fût apparue, égarée, criminelle,
mais non point sans fierté, une intelligence fourvoyée par l'entraîne-
ment de la jeunesse, mais digne qu'on lui laissât ouvertes les revan-
ches de l'avenir ; si vous eussiez vu tous les jours à vos côtés un père,
qui était un vieux soldat, trembler d'une sublime lâcheté jusque dans
le fond de son âme héroïque et muette ; une mère ardente et grave
se mourir lentement de la mort lente que l'on infligeait à son en-
fant ; deux jeunes sœurs, qui ne pouvaient pas croire que leur frère
dût leur être ravi, le pleurer pourtant d'avance ; si vous eussiez vu
tout cela, si vous eussiez senti tout cela, si vous eussiez été mêlé à
tout cela, et si vous êtes encore un peu jeune, si vous êtes un
tant soit peu chrétien, je vous le dis, en vérité, vous qui m'accusez,
vous eussiez fait ce que j'ai fait.

Je m'arrête, Monsieur : j'aurais l'air de me défendre, et ce n'est
point mon intention, puisque ma conscience est en paix. Je veux
seulement, avant de finir, vous signaler une particularité singulière.

Lorsque, au mois de novembre 1871, on parla d'exécuter Rossel,
condamné le 8 juillet, une protestation émue s'éleva partout, à l'étran-
ger comme en France. De Metz, de Nevers, de Nîmes, de Moulins, de
toutes les villes où l'on avait connu Rossel, vinrent des pétitions en
sa faveur. La presse parisienne ne demeura point en arrière de ce
mouvement, et j'ai réuni, dans un livre que je citais tout à l'heure,
d'innombrables et curieux extraits, empruntés aux journaux de cette
époque. Je n'en veux citer ici qu'un seul ; mais il aura pour vous
quelque autorité. Ouvrez *le Figaro* du 26 novembre 1871, et vous y
lirez :

« *Nous avons demandé nous-mêmes, par deux fois*, la grâce de ce mal-
« heureux grisé par l'ambition, de cet homme de talent fourvoyé
« parmi les misérables brutes que la Commune a prises dans la boue
« pour les jeter au jour. »

Tel était alors le sentiment du *Figaro* ; tel était le sentiment du public ; et vous voyez, Monsieur, que si je me suis trompé, je me suis trompé, du moins, en bonne et nombreuse compagnie.

C'est qu'en effet Rossel, à cette époque, apparaissait à tous sous son aspect véritable, celui d'un soldat que la passion patriotique, — ou l'ambition, si l'on veut, — avait poussé dans une fausse route. Personne ne le confondait avec le vulgaire des gens que l'on jugeait alors ; chacun, à l'envi, l'isolait de la Commune, sur le fond sinistre de laquelle sa silhouette correcte et hautaine se détachait nettement.

Or, aujourd'hui — et c'est là le fait que je vous engage à méditer — on ne se souvient plus de ces sympathies pour Rossel. Celui que, vivant, on voulait sauver, mort, on l'exècre, et l'on me reproche — et l'on ne reproche qu'à moi seul — d'avoir voulu le sauver ! ·

Est-ce que peut-être, en faisant plus sombres le rôle et la mémoire de Rossel, et en se démontrant ainsi à soi-même qu'on a bien fait de le mettre à mort, on n'avouerait point, sans y songer, qu'on eût mieux fait de le laisser vivre ?

Il n'importe : que l'on fasse peser sur moi seul le crime d'avoir « défendu » ce coupable ! Je porterai sans peine ce crime sans repentir, et je me consolerai que l'opinion ait varié, en songeant qu'elle pourra varier encore. Un moment viendra, plus heureux que l'heure présente, où les esprits reprendront enfin leur équilibre, où les haines sociales s'apaiseront, où la France, sous l'égide d'un gouvernement fort, national, accepté de tous, retrouvera cette sécurité morale qui dispose les âmes à la douceur. A ce moment, bien des gens qui, comme vous, me font aujourd'hui l'honneur de me tenir pour inquiétant ou suspect, seront fort surpris de me trouver assez honnête homme. Peut-être on ne professera point alors que l'exécution de Rossel ait été un excès de sévérité, mais on ne trouvera plus que sa grâce eût été un excès d'indulgence ; on reconnaîtra, tout bas ou tout haut, que chacun, dans les époques violentes, a sa part des fautes publiques, et qu'enfin, puisqu'il n'est pas au monde un seul homme qui, dans le fond de sa conscience, se sente pur de tout reproche, il faut savoir pardonner à ceux qui demandent le pardon.

Veuillez agréer, Monsieur, l'assurance de mes sentiments sympathiques et distingués.

JULES AMIGUES.

Paris. — Imprimerie E. DEBONS et Cⁱᵉ, 16, rue du Croissant.